句集

青のときめき

吉永興子

朔出版

序

四季別の章立てになっている興子さんの句を僕なりの分類で「情の句」「感覚の句」「時間への意識の句」「ユーモアの句」「本格写生の句」に分類しそれぞれの秀句を取り出して鑑賞してみた。

「情の句」

蜘蛛の囲の朱き一葉を掲げたる

こんなに切ない句に出会うことは滅多にない。

蜘蛛はその姿ゆえ人間からは嫌われる。嫌われ者なのに人間にとって害のある虫を食べてくれる。その良き働きをするために必死で作った仕掛けに食えもしない葉が懸る。仕掛けの妨害をする一枚の葉を蜘蛛はどんな気持ちで見つめているのか。否な、蜘蛛には「気持ち」はないから空腹という本能が残る。獲物を食べられなければ死が待っている。なおさらこの一葉の美しさが残酷に思えるのだ。

鼻先を互ひの胸に春の象

温かい句。二頭が互いの胸に差し交す鼻が切ない。象は大きくておっとりした印象があるからなおさらに情を感じさせる。

どの子にも青のときめき入学期

青のときめきは未来へのときめき。これから出会うものへの期待。

延々と何に向かふや蟻しづか

「延々と」伸びる列は動いているのに「しづか」。音がしないのはもちろんだが、この「しづか」は一途と同義。一途であることがもたらす印象である。興子さんの志向とも重なるか。

農人形の正座解けず秋の雲

農民の像が彫られた人形が正座を崩さない。素朴で従順な日本の農民像が浮かび上がる。日本には庶民が中心になって起こした「市民革命」はこれまでに皆無である。農民一揆はことごとく潰された。そんなことも考えさせる。

日向ぼこの傍らに来る鴉かな

ベンチなどで休んでいると鴉がとんとんと寄ってくる。鴉は頭が良く繊細な鳥。興子さんの優しさがわかるのだ。

溜息に笑顔を乗せて年送る

誰もがみんなこうやって苦と楽、悲と喜を織り交ぜて現実と格闘している。こういう衆情の描写が俳諧の基本として今日まで連綿と伝えられてきた。

「感覚の句」

触れたればしづかな炎犬ふぐり

犬ふぐりの群生を炎に喩えた。小さな可愛らしい炎である。

梅匂ふ一枝は光諾ひて

光を諾うということは光と調和しているという意味だろう。白梅に違いない。

沈丁花青のささめき運びくる

ささめきはひそひそ声のこと。沈丁花の芳香と白い花が青空の囁きを連れてくる。ロマンが溢れる。

白し白し吾に降りくる夏落葉

白しのリフレインが幻想的。降り来る落葉を見上げながら興子さんが立っている。

春泥のめくれへリコプターの音

「めくれ」が眼目。めくってもめくってもヘリの音が聞こえてくる。アメリカの不沈空母でありつづける日本の現実。

南極の石のこゑ聞く薄暑かな

地球の歴史がそのまま染み込んでいる南極の石を眺めている。太古の音が聞こえてきそう。

初桜光の粒子まみれなる

春の空間が繊細な筆致で描かれている。

「時間への意識の句」

啓蟄の息吹の中に老いし我

春の芽生えと肉体の衰えを同時に描いている。歳月人を待たず。その中での「生」というもののかけがえのなさを考える。

ぼうたんやさはさは崩るる砂時計

これも時間を見つめた句。牡丹と砂時計を対置したことがより赤裸々な切迫感を出している。急がねばと言っているようだ。

敗者のやう万緑の中に独り居て

自己否定は「知」の所産。自己を見つめる厳しい「眼」が感じられる。万緑の中で孤独感が募る。

唖蟬の微かな震へ我にもか

この震えは肉体の衰えへの気づきか。はかない命の唖蟬から伝わってくる震えは「生」の証でもある。

「ユーモアの句」

男女とふ釦の位置のおぼろなる

「とふ」がさまざまな「意味」を考えさせる。服の釦の位置が男女で異なるというふうに読める。男子仕様と女子仕様の二種類しかない既製服の釦の位置が俳句という画面一杯に映し出される。実に新鮮で面白い趣向だ。

温かきうどんに桜忘れたる

花より団子ということ。温かきうどんで花冷の空気もリアルに感じられる。明快で楽しい句だ。

小春日やスキップまだまだできさうな

そうかスキップか。俺はできるだろうかとちょっと不安になった。体力とリズム感、両方なければできない。「まだまだ」が興子さんの自信を伝える。

「本格写生の句」

全開の孔雀押しゆく青嵐

「全開の孔雀」が美しく、「押しゆく」がエネルギッシュ。青嵐はそのエネルギーの源泉だ。隙のない句である。

仏足石の指に滴り満ちにけり

仏足石は石に彫られた足だから指も石の上にある。当然ながら指の間に滴りが溜まる。それらは実に自然で言われてみるとその通りだが、誰も詠み得なかった景色である。それを「本格写生」と呼びたい。

新涼の畝立ての土やはらかし

興子さんの学びの集積が出ているのではないか。伝統的技法と自身の感覚との融合。季節への挨拶。俳句の要諦と言われるものが全てここにある。

あかときのやはらかき景露ありて

この「やはらかき」も出色。前の句と併せて作者の融通無碍な感受性が出ている。

鶏頭の角の焦げゆく朝かな

鶏頭の花の先の色の微妙な陰翳を「角の焦げゆく」と表現した。的確な描写で比喩新鮮。

角切りの後でありけり鹿の貌

髪を切る前と切った後で人間の印象が変わるように角切りの前と後で鹿の印象が変化する。繊細な把握でありながらぐいと大胆でもある。カメラを寄せて引いて対象を捉える。

ふたり居て「街の灯」を観る冬隣

この句、ここに挙げた分類のどの要素も含んでいる。情が感じられ、感覚的でもあり、時間への意識も入れ込み、ユーモアも、伝統的な季節感に基づいた写生もある。

今井　聖

二〇二二年八月

句集　青のときめき　目次

アートディレクション　奥村靫正
デザイン　星野絢香
ともにＴＳＴＪ

句集　青のときめき

Ⅰ　春の象　〈春〉

八十二句

白鷺の泥にまみれて寒明くる
早春の韻きが吾を歩ましむ

十字架の玻璃となりたる春の空

触れたればしづかな炎犬ふぐり

筆塚の文字の膨らみ辛夷の芽

剪定や女庭師の影長き

白魚の光の中の点と線

己がじし静謐になる梅見かな

梅匂ふ一枝は光諾ひて

春ショール大仏の掌に眠りたし

満作や香の失せてより光りたる

防犯カメラ咲き分けの梅凝視して

白梅のはや綻びて比丘尼寺

竹の秋明るき径を通りけり

スノードロップ自殺予防の幕垂るる

佐保姫の下りくる階のうねりたる

春暁や海より和紙を透かしくる

関帝廟春節の朱の燃え立ちて

異邦人と微睡む春の横須賀線

啓蟄の息吹の中に老いし我

啓蟄やエレベーターより古道へと

寿福寺

木々芽吹く虚子の矢倉の岩雫

松山

志士ありき椿の燃ゆる子規の里

娘の部屋の雨戸を叩く春鴉

環流のせせらぎ薇《ぜんまい》の太き
春光の中しろがね色のわたくし

眼差のあればば揺れたり柳の芽

啓蟄や光にまみれ蹠くもの

文士村の明かりのやうに三椏の花

一束の土筆置かるる石の上

鼻先を互ひの胸に春の象

男女とふ釦の位置のおぼろなる

沈丁花青のささめき運びくる
この余生かげろふのやう影深し

鳥雲に反戦展出で握り飯

ジョギングの拳のゆるむ初音かな

自転車で来て男らの茅花原

水温む剝製蛙が沼に向く

コンテナの隙間すきまや鳥雲に

吾が山河辛夷の花の散りし跡

初桜光の粒子まみれなる

春の風ミイラの鼻腔通りたる

言ひたきこと眉間に集め享保雛

春泥のめくれヘリコプターの音

宙よりの伝言花のナイアガラ

磨かない原石に似て花曇り

花冷えや脱衣婆像と眼の合ひぬ

原石の中に真実朝桜

どの子にも青のときめき入学期

老いたれば優しき言の葉探す春

花曇り琥珀色なるレモンティー
大仏の薄目をしたり桜東風

逃げ水や肉食草食眼の角度

違ふこと考へてゐる二輪草

逃げ水や八十路の我を見失ふ
桜吹雪浴びてはるかなる思ひかな

時計の音ゆつくり届く花疲れ

囀りやラジオ体操入念に

ネイルの美知らぬままなり竹の秋

大木の洞に道標すみれ咲く

小鳥の巣去年よりやや大いなる

朝寝して齢忘れし心地なり

貝塚に佇む吾に飛花落花

チューリップ犬はひたすら主見て

菜の花の莟や何か呟きて

シャボン玉飛ばし子猿を驚かす

新しき水の煌めき朝桜

うつうつと闇を集めて花筏

機影過ぐ落花の嵩を踏みし時

落花の嵩踏めば踝熱くなる

桜吹雪神々の舞ふ能舞台
カットバックしてゐるやうな春の山

風穴を覗けば春水光りをり

瞑目の銅像の掌に雀の子

赤湯温泉桜まつり　六句

桜根に芽吹きたるもの数多あり

水奔《はし》る梅花皮《かいらぎ》の山春茜

空洞より古代語のする久保桜

十三峠春の霰がバスを打つ

飯豊山片袖だけの春茜

温かきうどんに桜忘れたる

プレートの花綵列島ふらここ漕ぐ

独り居のジャスミンティーに春惜しむ

II

石のこゑ〈夏〉

七十二句

南極の石のこゑ聞く薄暑かな

水晶に映る瞳や夏兆す

銅座跡の石の剝落緑さす
緑蔭の風にわが影憩ふべし

一夜城趾の大木朴の花

卯の花や校門閉ざしピアノ鳴る

口伝てのどこそこ欠くる夏落葉

綱一本張つて聖域雲の峰

葉桜の騒めくなかに物思ふ

年ごとに純なる気持更衣

母の日に二日遅れて空仰ぐ

全開の孔雀押しゆく青嵐

二荒山礼拝の背に驟雨くる

白牡丹吐息のやうに焦げ始む

パレットに雫一滴柿若葉

吾が影の瞑想するや木下闇

苺摘みロールスロイスの入り来る

アメ横の熱気鎮むる新茶の香

新緑に翳す英世の試験管

岩畳緑の風に洗はるる

初夏の小さき庭に吾の手摺

白し白し吾に降りくる夏落葉

ぼうたんやさはさは崩るる砂時計

カップルの同時に開く扇子かな

子猫来て微かに揺るる水中花

昼顔や大奥跡は淡き色

著莪咲いて歩道を過る鴉かな

骨董屋の壺を覗けば目高の子

電子辞書一周の蟻好奇心

紫陽花や神事の位は袴色

蟬生まる絹の光に包まれて

竹林のさやぎ抹茶のかき氷

六月の砂を巻き込む波頭

籐椅子やホテルロビーに観世音

敗者のやう万緑の中に独り居て

スイス人の残せる森に蛍の瀬

延々と何に向かふや蟻しづか

風渡る谷間の白きハンモック

薫風とかちんこの音松竹橋

でで虫の背負ふは笈の小文とも

神官の高下駄の音梅雨叩く

月見草川に映して業平忌

鎮むるも奮ひ立つにも滝のまへ

はるかなりあぢさゐの好きだつた人

蘭鋳やあぢさゐの粒盛り上がる

そよ風に大輪の蓮解けゆく

向日葵や孔雀は胸を顕にす

唖蟬の微かな震へ我にもか

白波の寄する力や夏一気

朝曇り透きとほりたるハーブティー

蟬時雨生命線の薄れゆく

シルバーの屋根の稜線梅雨上がる

万緑やランナー映す伏流水

濃紺の衿に一輪沙羅の花

ガレ展や香水ほのと匂ひくる
えぞにうのただ茫々と丘にあり

飛蝗《ばった》飛ぶ小町通りの灼けし石

学生街裏に書肆あり螻蛄の昼

国会議事堂参観　二句

議事堂にダンスホールやアカンサス

夏空や尾崎咢堂手招きす

着信音レースのスカーフ巻き直す

襖絵の猛禽の眼暑気払ふ

青葉する洪鐘の寺「門」に触る
涼風の駆け下りてくる磴百段

青蔦のトーテムポールと対峙せり

仏足石の指に滴り満ちにけり

角川源義旧邸宅とその周辺　三句

玉解きて芭蕉の幟立ちにけり

蟬しぐれ肘掛椅子にいまもなほ

「角」といふコーヒー茶房青簾

人形の長き睫毛や青葉闇

蜘蛛の囲の朱き一葉を掲げたる

玉響《たまゆら》や一葉の世界蝸牛

Ⅲ　畝立て

〈秋〉

九十八句

新涼の畝立ての土やはらかし

助走して激しき流れ泡立草

膝に来る猫の温もり秋立つ日

湯立神楽の静寂を埋むる法師蟬

新涼やコンソメスープ匂ひくる

あかときのやはらかき景露ありて

江戸文字の絵画めきたり青棗

かなかなに押されて歩く古道かなな

新涼や酒屋に響くカンツォーネ

新涼の純白纏ふ児を抱けり

新涼や昨日の吾を置き去りに

鶏頭の角の焦げゆく朝かな

朝顔や女人高野の鐙《あぶみ》坂

鵲に先導されし水の郷

蟷螂の産まねばならぬ足運び

振り向けば遠ざかりゆく秋の山

新涼の光平らに夕渚

星祭ポトスにマスク吊るしたる

月を見る紫式部の手に小筆

寄辺なき案山子の傾ぐ宙であり

ばつさりと貧乏葛刈られたる
雲の息しづかになりぬ雁来紅

水戸　四句

稲田坊訪へば門茶をふるまはる

天高し水戸藩校の孔子木

教行信証稲田御坊の秋海棠

農人形の正座解けず秋の雲

看護師の見廻るライト秋蛍

大玻璃の小さき茶店花ジンジャー

冬瓜の澄みたるスープ柿右衛門

稲妻やソファーの猫は眼閉づ

雑草に九月の光ほしいまま

草刈機止むや一面彼岸花

雁渡し稜線にある自在鍵

木犀の香の失せてより寛げり

西洋芒雲湧くごとき力かな

綿の実を両掌に余し夕映ゆる

野分あと体のどこかが軋む音

コスモスや野外演奏遠くより

はるかより呼ばれてゐるや星月夜

沈黙の拡がる先の柘榴かな

野菊の香高下駄の音止まりたる

刈られても光を放つ木賊かな

古民家の朱の卓袱台や鳥渡る

誰も知らぬ色なき風と出会ふ坂

秋薔薇抱けば静寂生まれくる

玉砂利の光を生みぬ菊日和

出会ひたりひと日に秋祭三つ

絵切手の案内板や秋の園

星飛ぶや心に洞の二つ三つ

穂芒の波となりたる蛇笏の忌

墨書きの友の遺詠や藍の花

永遠とふ刻の近づくつづれさせ

悔やまるることの数多や薄紅葉

浦賀水道

隧道を出でベルニーニの秋の水

秋の雲枯山水の砂の渦

海を見る男の裸像秋茜

渓流は神棲むところ黒蜻蛉《あきつ》

オーボエの音色の方へ野分雲

花野行くだんだん吾の遠ざかる

猿どちの寄りては駆くる豊の秋

コスモスの中より聞こゆリコーダー

銀漢とイルミネーション呼応せり

富山越中　三句

義経の岩をくぐれば赤とんぼ

伽藍配置田の字に結び虫時雨

雁渡し百花を描く格天井

曼珠沙華思考回路の弛みたる

藤澤浮世絵館にて

浮世絵の長煙管の女《ひと》秋うらら

ゆっくりと船の形に鰯雲

天心の円墓の木の実浄土かな

遠野　三句

曲屋の馬居し所大案山子

一位の実馬の恋しきおしらさま
遠野には一際朱き一位の実

秋時雨草木のやうに濡れてみむ

銀杏の成る木成らぬ木風平ら

残菊の強き香りを束ねけり

遠き日の忘れ物あり烏瓜

ひょんの実の穴を覗けば風ばかり

漱石の英字のリズム色鳥来

角切りの後でありけり鹿の貌

秋明菊揺れて門扉の閉ざさるる

老猫の見廻りに添ふ十三夜

語り部のよどみなかりき十三夜

閼伽桶についと寄り来る蜻蛉かな

人形の家まで銀杏匂ひくる

野仏の帷のやうに雀瓜

烏瓜の赤き幣なり無縁仏

バス停のかつては宿場草紅葉

かすかなる潮騒の音とべらの実

構内の層なすアーチ深む秋

狗尾草のなぞつてゐるや賢治の詩

金風や千年源氏の隙間から
銀杏を踏まないやうに絵筆塚

休館の博文邸や柚子たわわ

マッチ擦る生活遠し冬青《そよご》の実

混沌を宥めて眠る夜寒なり
みせばやの頂きにある渇きかな

晩秋の砂丘さらさら夢去りぬ

ふたり居て「街の灯」を観る冬隣

Ⅳ　溜息に笑顔を乗せて

〈冬〉

九十六句

池の面の己見てゐる木守柿

名刹の半裸の柏槙冬立てり

古書開くほのかに菊を焚いたる香

梛の木の幣あたらしき七五三

経蔵を廻してをれば紅葉降る

『一房の葡萄』手にとる返り花

茶の花に沿ひて野火止遊歩道

呼びかけに鰭で応ふる冬の鯉

ヒッチコックの集まつてくる冬の山

初雪を一直線に外の猫

息しづか漁火の無き冬の海

後ろへと綿虫の飛ぶ遊歩道

先陣のダウンコートは振り向かず

木枯らしやパトカー追ひ抜く消防車

大玻璃の木枯映してゐたるなり

朴落葉仮面ダンスの始まりぬ

小春日やスキップまだまだできさうな

縁結びの碑の傍らに花八つ手

マフラーを同じ結びに女学生
パレットの冬塗り込めて汽笛かな

冬青空柏槙胸襟開きたる

佳きことのありしや冬の水引草

窓に翳す吾の十指や冬日透く

揺らぐ葉にバランスをとる枯蟷螂

凩やきまつて思ふことのあり

一茶の恋寿女の碑あり冬紅葉

日向ぼこの傍らに来る鴉かな

冬あたたか谷中小路に雀ゐて

枯枝の抱く形に束ねられ
湖の落葉は光乗せてをり

鈍色の海の饒舌落葉降る

寒凪や鴉の見張る船作業

嬰児《みどりご》のひとり笑ひや笹子鳴く

直線の筆の崩れや枯蓮

吾が影を修正しつつ冬の道

この吾を隈無くくるめ冬日差し

落葉踏んで吾が全身を寛がす

冬銀河辻が花染め小袖行く

夫もまた守宮も共に冬籠り
登校を拒みし日々や霜ありて

冬芒同方向に撓ひたる
押し寄する光の束や十二月

冬ざれや骨のころがるライオン舎

街騒を映して聖樹の玉飾り

格子戸やとりどりのブーツ行き交へり
冬といふ虚空の中に独りなり

犀の耳聳《そばだ》つてゐる十二月

戦船横須賀港の寒夕焼け

冬の夜や怒りを宥め眠らせり
この先の吾への指針や寒北斗

横浜外交官の家にて

銀食器触れ合ふ音す降誕祭

純白とふ色は無かりきクリスマス

むづかしき齢たのしめ落葉掻く

電飾のとれて充電冬木立

枯落葉沈めて猫の眠りをり

溜息に笑顔を乗せて年送る

福寿草小指のやうな芽を並べ

七草を忘れて今日の八日粥

七草の一葉一葉を愛でにけり

松飾りただ一つなき大路かな

淑気満つ衣桁に夫の紺絣
礼服の中高年の淑気かな

松飾り設へて夫一礼す

空舞へば厳かに見ゆ初鴉

新玉の光が吾を歩ましむ
冬の詩や巌を砕く波頭

円覚寺の杜の深さや寒に入る

橋の名は土地の縁や寒牡丹

北風に逆らひ行けり橋数多

冬の噴水ほどの会話や老夫婦

青磁器のやうに寒満月
戦場のやうに枯葭倒されて

満願や寒絵馬一つ洞の中

マスクして小さき眼《まなこ》の主治医かな

風花の遊びて宙に返りけり

葉牡丹の渦の中なるささめごと

駅頭の人間ウォッチ寒鴉

私だけを見てゐるやうな冬の月

蠟梅の光の雫文士村

二羽の来て一羽の見張る蜜柑かな

大姫の墓に寒菊義仲忌

白鳥の視線は山へと揺らぎゆく

白鳥の咫《し》尺《せき》に舞ふや靄の中

海鳴りや微かに揺るる冬の草

誰も知らずこの凍て蝶の寸前を
潮騒を聞きつつ眠る冬の宿

拒むごと諾ふがごと寒牡丹

冬の朝湯気一椀の百合根粥

ビーフシチューにチョコ一欠片暖炉燃ゆ

冬渚象形文様描きては

旧岩崎家邸宅にて

過去未来映して暖炉の大鏡

寒凪や鴉の見張る船作業

バランスの崩れて不安冬の凪

長谷寺の蠟梅二つ綻びて

床暖房猫に催促されてをり

耳立てて目瞑る馬や春隣

句集　青のときめき　畢

あとがき

第二句集『子規球場』を上梓して三年が経過しました。『子規球場』に今井聖主宰から賜りました序文には、正岡子規や俳句の先駆者たちと野球との関わりについて、貴重な資料が掲載されているからでしょうか、想像以上の反響をいただきました。

この度の第三句集『青のときめき』もまた、今井主宰のご指導のもと完成をみることができました。そして身に余る序文をいただきましたことに、心より御礼申し上げます。

さて、私が「街」に入会して十一年が過ぎました。俳誌「街」には毎号今井先生の「街宣言」が掲載されています。誤解を恐れずに言うと、実はその意味するところが漸く理解できるようになってきたところです。無意識のうちにとり込んでいた枷が外れて自由になってゆくような、そんな感覚です。「街」句会や今井先生の朝日カルチャー教室で学んでいくうちに、そう感じるようになりました。

本書に収めました三四八句に、今井先生の提唱する「あたらしさ」が、少しでも見られるとすれば大変幸せです。なお、第三句集には新型コロナウイルス流行以前の、それまで置き去りになっていた俳句を加えています。

最後になりますが、「街」の仲間の皆様には常に助けられ、刺激をいただいております。また、吟行の会の皆様方にも心より御礼申し上げたいと思います。

そして細やかなご配慮をいただいた「朔出版」を担う新進気鋭の鈴木忍様、大変お世話になりました。ありがとうございました。

二〇二二年八月

吉永興子

著者略歴

吉永興子（よしなが　おきこ）

1935年9月、鹿児島県生まれ。

俳誌「人」を経て、2011年「街」入会、今井聖に師事。

2015年に第一句集『パンパスグラス』、2019年に第二句集『子規球場』（ともに角川文化振興財団）上梓。

現在、「街」同人、俳人協会会員、三田文学会会員。

現住所　〒245-0062　神奈川県横浜市戸塚区汲沢町1327

句集　青《あお》のときめき

2022年9月22日　初版発行

著　者　　吉永興子

発行者　　鈴木　忍

発行所　　株式会社 朔《さく》出版
〒173-0021　東京都板橋区弥生町49-12-501
電話　03-5926-4386
振替　00140-0-673315
https://saku-pub.com
E-mail　info@saku-pub.com

印刷製本　中央精版印刷株式会社

ISBN978-4-908978-79-1　C0092　￥2700E